Pas un mot

Nathalie Kuperman

Pas un mot

Neuf

l'école des loisirs

11, rue de Sèvres, Paris 6e

Du même auteur à *l'école des loisirs*

Collection NEUF

Les signes

ISBN 978-2-211-08539-7

Loi n° 49.956 du 16 juillet 1949 sur les publications
destinées à la jeunesse : septembre 2006
Dépôt légal : décembre 2007
Imprimé en France par Hérissey à Évreux
N° d'impression : 106750

Pour mon père,
pour Jeanne

Chapitre 1

Avec la fourchette, j'ai tracé des petits chemins dans la purée. Ensuite, j'ai coupé les saucisses de Strasbourg en rondelles. Je les ai déposées sur les chemins, en prenant soin de les éloigner les unes des autres. Puis j'ai imaginé que les bouts de saucisses étaient des petits enfants perdus. Alors, je les ai avalés pour qu'ils n'aient plus peur. Ensuite, j'ai mangé la purée et, lorsque mon assiette a été vide, j'ai eu l'impression que quelque chose bougeait dans mon ventre.

– Tu as encore faim ? m'a demandé maman.

J'ai secoué la tête.

– Tu ne veux pas un petit dessert ? a insisté papa.

J'ai secoué la tête.

J'ai débarrassé la table, mon rond de serviette « A », mes couverts Spiderman et mon assiette Superman.

J'ai eu le droit de regarder un dessin animé jusqu'à huit heures et demie.

– Agathe !

Je déteste mon prénom. Il y a un garçon dans ma classe qui se moque de moi parce que, Agathe, c'est le nom d'une bille. Il m'appelle « la Bille ». Et, quand il m'appelle comme ça, moi je pleure. Pas devant lui, bien sûr.

– Il est temps d'aller te coucher !

J'ai appuyé sur la télécommande et les monstres de l'espace ont été engloutis d'un seul coup par l'écran noir.

– Bonsoir, ma chérie, a dit papa.

– Bonsoir, ma chérie, a dit maman.

Je les ai embrassés puis je suis allée me coucher.

C'est l'heure que je préfère. Quand je suis dans mon lit avec Chiffonnette, ma poupée dont on ne voit plus ni le nez, ni la bouche, ni les yeux. Je lui raconte tout ce qui me passe par la tête. Je lui dis à quel point je déteste mon rond de serviette, mes couverts et mon assiette. Mais je n'ose plus rien dire à mes parents. Je ne veux pas leur faire de peine. J'ai vu maman pleurer une fois parce que je lui avais fait de la peine ; c'était affreux.

Depuis ce jour-là, papa et maman parlent à ma place. Quand on me demande : « Quel âge as-tu ? », maman répond : « Neuf ans. » Quand on me demande : « Et dans quelle classe es-tu ? », papa répond : « En CM1. »

C'est pratique. Je n'aime pas parler. Mes parents disent que je suis timide. « C'est une maladie qui se soigne ! » a dit un jour en rigolant Brigitte, une amie de mes parents. Pendant qu'elle riait, moi je pensais : « Je suis malade. » Je ne suis pas rien, je suis malade.

Chiffonnette, je peux lui parler parce que je ne vois ni ses yeux, ni son nez, ni sa bouche. Elle ne me juge pas, elle m'écoute, et puis elle me connaît depuis que je suis toute petite. C'était ma première poupée. Je n'en ai pas eu d'autres.

Je lui parle de mon école, de mes horribles camarades de classe, de mes horribles récréations, de mes horribles bonnes notes qui font de moi la première de la classe alors que je voudrais passer inaperçue, et de Myriam, ma maîtresse, que j'aime bien et qui est la seule personne à me regarder avec douceur, qui respecte mon silence, qui ne se moque pas de moi.

Mais justement, ce matin-là, la maîtresse n'était pas comme d'habitude. Au lieu de nous demander de nous taire pour nous installer, elle n'a rien dit. Les élèves de ma classe en ont profité pour chahuter, se bousculer, rigoler et faire comme si la maîtresse n'était pas là. Moi, je ne cessais de l'observer. Je me suis dit : « Elle est peut-être tombée malade, comme moi. Elle a décidé de ne plus parler. » « Mais une maîtresse qui ne parle pas, ce n'est plus une maîtresse », me suis-je dit. Au fond, j'aurais bien aimé qu'elle ait la même maladie que moi. Myriam avait l'air triste et plongée dans ses pensées.

Soudain, elle a hurlé :

– Silence !

Il y a des cris qui font très peur. Et celui de Myriam ce matin-là nous a terrorisés. Tous les élèves se sont arrêtés de bouger, et l'on se serait cru dans le jeu de la statue.

– Asseyez-vous, a-t-elle ordonné.

Pendant un long moment, on a entendu une mouche voler. Et c'était drôle, parce que les maîtresses disent souvent : « Je veux entendre une mouche voler. » Mais là, la mouche, elle volait vraiment. C'était une mouche énorme qui se posait parfois sur une table et repartait aussitôt parce qu'elle se faisait chasser d'un geste de la main. Myriam, ça ne la faisait pas rire, la mouche. Mais nous, les élèves, nous avions du mal à garder notre sérieux, surtout quand Justin a dit :

– M'dame ! Y a une mouche !

Myriam lui a fait les gros yeux, mais elle n'a pas prononcé un mot pour autant. On a attendu, sans trop savoir ce qu'on attendait. Moi, j'aimais bien ce silence.

Finalement, Clara a levé le doigt. C'était courageux de sa part, étant donné la situation. La maîtresse lui a fait un signe du menton pour l'autoriser à poser sa question. Sa question était simple :

– Madame, qu'est-ce qu'il y a ?

Myriam a enfin souri. La question de Clara soulageait tout le monde.

– Les enfants, a commencé Myriam. Il s'est passé quelque chose de grave. Je ne sais pas comment vous le dire. Vous avez peut-être remarqué que l'un de vous était absent ce matin ?

On s'est tous regardés. Paul était là et faisait craquer les os de ses doigts, Virginie était là et touchait ses lunettes, Arthur était là et tripotait un stylo, Sandra était là et agitait son pied, j'avais l'impression qu'on était tous là comme d'habitude, et pourtant il y avait un grand vide.

Tout à coup, quelqu'un a crié :

– Nicolas !

Toutes les têtes se sont tournées vers le fond de la classe. La place de Nicolas était vide. Mais c'était bizarre : j'avais l'impression de voir ses grimaces, le bonnet qu'il gardait toujours sur le crâne parce qu'il prétendait avoir froid aux cheveux, le sourire qui ne quittait jamais son visage, même quand la maîtresse le menaçait d'un triple zéro.

Nicolas, c'était le garçon qui avait inventé mon surnom, « la Bille ». Je ne l'aimais pas. Il me faisait peur. C'était le plus grand de la classe et tout le monde pliait devant lui. On le craignait, et mieux valait être son ami que son ennemi. Un jour, il avait menacé Bastien d'attaquer sa sœur (qui était en CE1) s'il ne lui donnait pas sa trousse Pokemon fluorescente. Bastien avait donné la trousse, évidemment. Il maudissait sa sœur parce que, à cause d'elle, il était obligé d'être le copain de Nicolas, alors qu'il n'en avait pas envie.

Nicolas me détestait. Il disait que les gens qui se taisent, c'est qu'ils n'ont rien dans la tête. La veille encore, il m'avait coincée dans un coin de la cour pendant la récré. Bastien et Léo étaient avec lui. Nicolas, il n'aimait pas faire les choses tout seul.

Il m'avait attrapée par le col de mon manteau et il m'avait dit :

– Prononce une phrase, n'importe laquelle.

J'ai regardé mes chaussures.

Il a insisté :

– Quel temps il fait, aujourd'hui ?

Je n'ai pas répondu.

– Tu fais moins la fière quand la maîtresse t'oblige à réciter une leçon.

Je serrais les poings dans les poches de mon manteau.

– Compte jusqu'à vingt.

J'ai refusé d'un mouvement de la tête.

– Qu'est-ce que tu penses, là, tout de suite, à l'instant ?

« Que tu ne m'auras pas, pauvre idiot », ai-je songé sans prononcer un mot.

La sonnerie m'a libérée. Nicolas m'a fusillée du regard et m'a dit, comme s'il avait lu dans mes pensées :

– Je t'aurai, la Bille.

Et ce matin, il n'était plus là. J'ai souhaité de toutes mes forces que la maîtresse nous annonce qu'il avait déménagé à l'autre bout de la France et qu'on ne le reverrait plus jamais.

Mais au lieu de ça, elle a dit :

– Votre camarade a eu un accident de scooter. Il

était derrière son grand frère et ne portait pas de casque.

La maîtresse a marqué une pause. Pendant son silence, j'ai pensé qu'il était peut-être mort, que plus jamais il ne m'appellerait « la Bille », que plus jamais il ne voudrait me forcer à prononcer des mots que je refusais de dire. « Nicolas est mort. » Cette phrase cognait mes tempes et faisait un vacarme inouï dans le silence de la classe. Nicolas était mort et j'étais soulagée. C'était le seul au monde qui ne supportait pas que je me taise. Nicolas était mort et j'avais envie de pleurer de joie.

Sans que je m'en sois rendu compte, deux larmes coulaient le long de mes joues.

Myriam m'a regardée et s'est empressée de dire :

– Non, ne vous inquiétez pas, votre camarade est vivant !

J'ai redoublé de pleurs.

Chapitre 2

Tout le monde me regardait. C'était exactement une situation où j'aurais voulu me trouver six pieds sous terre. Heureusement, la mouche, qui s'était fait oublier, a repris son vol. Et Justin a crié :

– M'dame, y a une mouche !

La classe entière a rigolé, et Myriam a ri avec nous. Moi aussi, je me tenais à la table tellement le rire me secouait. On ne pouvait plus s'arrêter. Et la mouche volait comme une folle à travers la classe, mais on ne l'entendait plus tellement on riait.

Clara avait le doigt levé et demandait par-dessus les rires :

– Madame, qu'est-ce qu'il a, Nicolas ?

La maîtresse essayait de reprendre son sérieux, mais elle n'y arrivait pas. Elle aussi, elle avait des larmes qui coulaient.

Finalement, Nicolas, même quand il n'était pas là, il était là.

Soudain, la porte s'est ouverte et le directeur est apparu.

– On s'amuse bien ici ! Est-ce que je peux savoir ce qui vous fait tant rire ?

Les rires ont cessé. Myriam a sorti son mouchoir pour essuyer ses joues et a bredouillé à l'intention du directeur :

– Je crois qu'on est tous choqués par la nouvelle de l'accident de Nicolas.

Le directeur a ouvert la bouche, l'a refermée, s'est frotté les mains l'une contre l'autre. Visiblement, il ne comprenait pas pourquoi l'accident de Nicolas avait déclenché une telle hilarité. Il a toussoté et a déclaré :

– Les enfants, vous êtes sous le choc, et c'est bien normal. Comme votre institutrice a dû vous le dire, Nicolas est à l'hôpital, mais ses jours ne sont pas en danger. Son frère, lui, a eu beaucoup de chance.

Personne n'a osé dire que notre maîtresse n'avait pas eu le temps de nous donner plus d'informations. Nous étions tous suspendus à ses lèvres pour en apprendre davantage, mais il est sorti de la classe en nous remerciant d'avance de ce que nous allions faire pour Nicolas.

Dès que la porte s'est refermée sur lui, les questions ont fusé :

– Madame, qu'est-ce qu'on va devoir faire pour Nicolas ?

– Qu'est-ce qu'il a ?

– Il va revenir à l'école ?

– Ça s'est passé quand ?

– Il peut encore marcher ?

– Il va être en fauteuil roulant toute la vie ?

J'étais la seule à ne pas poser de questions mais, dans ma tête, je les posais toutes en même temps. Puisque Nicolas n'était pas mort, il fallait que je sache le plus de choses possible pour me préparer au pire. Et pour moi, le pire, c'était son retour dans la classe.

Myriam a fait de grands gestes avec les mains.

– Du calme, les enfants, je vais vous expliquer. Nicolas a une fracture à la jambe gauche et un hématome à la tête.

Un hématome... Un hématome, c'était sûrement une chose très grave qui atteignait le cerveau et provoquait une perte de mémoire. Avec un peu de chance, Nicolas m'aurait oubliée. Il aurait oublié que j'étais son souffre-douleur, il aurait oublié que je détestais parler. Je m'obligerais même à prononcer quelques mots devant lui pour qu'il ne se souvienne pas de mon silence. Et si mon prénom lui évoquait encore le nom d'une bille, je lui dirais : « Ouais, c'est cool, tu peux m'appeler "la Bille", je trouve ça trop drôle ! » S'il revenait, je ferais celle super-contente qu'il revienne. Je me forcerais à être une autre pour qu'il ne fasse pas attention à moi.

– Un hématome ! s'est exclamée Clara. C'est super-grave, ça !

– Mais non, a souri la maîtresse, un hématome, c'est un gros bleu. Qui n'a jamais eu de bleus dans la classe ?

Personne n'a levé le doigt.

Mes espoirs tombaient à l'eau.

Mais le moment le plus terrible, c'est quand la maîtresse a annoncé :

– Nicolas va être absent pendant deux mois, peut-être plus. Alors, nous allons nous organiser pour que, chaque jour, l'un de vous aille lui rendre visite. L'hôpital Aubrespy n'est pas très loin de l'école. Je demanderai bien sûr une autorisation écrite de vos parents. S'ils acceptent de vous y accompagner, vous apporterez les devoirs à Nicolas et bavarderez un peu avec lui. Ça l'aidera à se remettre plus vite et à revenir parmi nous.

Un brouhaha a suivi la proposition de la maîtresse. Moi, j'avais le regard fixé sur une petite tache d'encre en forme d'étoile incrustée dans la table. En plissant les yeux, la tache se déformait. Elle s'agrandissait ou rapetissait selon que je rapprochais les paupières ou que je les ouvrais. Elle changeait de teinte aussi, passait du noir au gris. Je ne pouvais plus la quitter des yeux.

La sonnerie a retenti et j'ai fait un bond sur ma chaise. Je ne voulais pas aller en récré, je ne voulais pas bouger, je voulais que le temps me projette très loin dans la journée, au moment où je pourrais enfin dire à Chiffonnette à quel point j'étais malheureuse.

Quand je suis passée à côté d'elle pour sortir de la classe, Myriam m'a prise à part.

– Est-ce que tout va bien, Agathe ?

J'ai fait oui de la tête.

Elle m'a lancé un regard qui prouvait qu'elle n'en croyait pas un mot, mais elle n'a pas insisté. Elle sait que, lorsqu'elle essaie de savoir pourquoi j'ai l'air triste, je me mets à pleurer.

Quand Myriam avait convoqué mes parents pour leur dire : « Agathe se renferme sur elle-même, c'est peut-être le signe que quelque chose ne va pas », mon père lui avait répondu que tout allait bien et que la preuve en était mes résultats scolaires.

Le soir, mes parents avaient discuté devant moi de l'entretien.

– Tu te rends compte, disait mon père à ma mère, cette institutrice va chercher des problèmes là où il n'y en a pas.

– Oui, surenchérissait ma mère, elle a été jusqu'à dire qu'il n'y avait pas que les résultats scolaires dans la vie ! Pour une instit, c'est insensé !

– Notre fille a tout de même le droit de ne pas avoir envie de raconter sa vie au premier venu !

– Elle n'est pas bavarde, c'est un fait. Mais depuis quand reproche-t-on aux gens de tourner leur langue sept fois dans leur bouche avant de parler ?

– Elle n'est pas bavarde, mais elle travaille.

– Oui, elle ne passe pas son temps à raconter des bêtises en ricanant bêtement, ce qui n'est pas le cas de la petite Julie.

Et mes parents s'étaient mis à citer des noms de filles de leurs amis, toutes plus écervelées les unes que les autres.

Mes parents parlent de moi à la troisième personne.

Mes parents me protègent toujours.

Mes parents m'aiment davantage depuis que je ne dis plus rien.

«Moins on en dit, mieux ça vaut.» C'est leur devise.

Je crois qu'un jour j'ai dit quelque chose qu'il ne fallait pas. Et ce jour-là, j'ai eu peur que mes parents ne veuillent plus être mes parents.

Myriam m'a retenue par le bras et m'a dit:

– Agathe, si tu n'as pas envie d'aller voir Nicolas pour lui apporter les devoirs, je le comprendrai. Mais je crois que ta visite lui ferait très plaisir. Parfois, dans la vie, on a de bonnes surprises.

J'ai dégagé mon bras et je me suis sauvée.

Chapitre 3

Le soir, je n'arrivais pas à dormir. Je pensais au mot dans mon carnet de correspondance. La maîtresse avait dicté : « J'autorise mon enfant à se rendre, accompagné, à l'hôpital Aubrespy un soir déterminé en accord avec l'institutrice afin de porter les devoirs à Nicolas, un de ses camarades de classe hospitalisé à la suite d'un accident. »

Je n'ai pas montré le mot à mes parents. Il aurait pourtant suffi que je leur demande de ne pas signer pour qu'ils acceptent de ne pas signer. Ils ne m'auraient posé aucune question, ils auraient approuvé ma décision. Mon père aurait même peut-être voulu savoir qui était ce Nicolas, pourquoi il avait eu un accident, et, en apprenant les raisons de sa chute, il aurait peut-être trouvé une justice à ce que ce garçon passe un moment à l'hôpital. « La prochaine fois, il n'oubliera pas de mettre un casque. » Oui, c'est peut-être ce qu'aurait dit mon père.

Je me souviens de la réflexion de ma mère, le jour où elle avait appris qu'une voisine était morte d'un cancer du poumon : « Elle n'avait qu'à pas fumer cigarette sur cigarette. Ça lui apprendra. » Moi (c'était l'année dernière, l'époque où je parlais encore), j'avais dit : « Elle n'apprendra plus rien, maman, puisqu'elle est morte. » Mais ma mère, sans se démonter, avait rétorqué : « On apprend toujours, où que l'on soit. » Et elle avait ajouté, devant mon air ahuri : « Garde tes réflexions pour toi. Tu ne m'empêcheras pas de dire que Mme Michel n'a eu que ce qu'elle méritait. »

Je m'en souviens. Après que ma mère eut prononcé cette phrase, après que mon père eut approuvé en hochant la tête, j'ai regardé mes parents et j'ai pensé que c'étaient des gens qui n'avaient pas de peine quand les autres mouraient. Moi, je croyais que la mort était la chose la plus triste du monde. Mais pas eux. Je n'étais pas comme eux. Je m'en souviens, l'idée que je puisse être différente de mes parents m'avait donné envie de vomir. Et d'ailleurs, ce soir-là, je suis allée vomir. Et puis je me suis demandé si on pouvait aimer des gens qui étaient différents de soi. Ma réponse était non, on ne peut pas.

Mais surtout, ce que je ne comprenais pas, c'est pourquoi je ne pensais pas comme eux, pourquoi je ne ressentais pas les mêmes choses qu'eux, puisque c'étaient eux qui m'avaient faite, comme me le rappelait si souvent ma mère.

Pour essayer de comprendre, je me suis dit que je devais poser des questions. C'est ce que j'ai fait. Sans arrêt. Dès que je pouvais, je posais des questions. Mes parents n'en pouvaient plus, que je pose des questions. Ils m'appelaient « Point d'interrogation ».

Pourquoi les gens meurent ?

Est-ce qu'il y a des parents qui n'aiment pas leurs enfants ?

Quand on est adulte, est-ce qu'on se fait encore punir ?

Pourquoi on est obligé d'avoir un travail ?

Pourquoi je suis une fille ?

Mes parents levaient les yeux au ciel et tentaient tant bien que mal de répondre, mais la plupart du temps, parce qu'ils étaient pressés ou qu'ils ne connaissaient pas la réponse, ils finissaient par dire :

– C'est comme ça !

Et puis un jour, j'ai demandé :

– Vous étiez contents que je sois une fille, quand je suis née ?

Ils se sont regardés, et ma mère a fondu en larmes.

– Tu ne peux pas cesser de poser des questions idiotes ? m'a rabrouée mon père en prenant ma mère dans ses bras.

Et puis ma mère a eu des yeux de folle. C'est la seule fois de ma vie que j'ai vu ma mère perdre son contrôle. Sans me regarder, elle a hurlé :

– Tu aurais dû t'appeler Augustin, imagine-toi, comme ton petit frère !

J'étais terrorisée. Je ne comprenais plus rien. Je n'avais pas de petit frère ! Je me suis mise à pleurer avec des sanglots qui empêchent de respirer.

Maman a quitté la pièce en claquant la porte. Papa a eu pitié de moi. Il m'a prise sur ses genoux et m'a expliqué que maman et lui avaient eu un gros chagrin avant que je sois née. Deux ans auparavant, ils avaient eu un garçon, Augustin, un tout petit garçon qui n'avait pas survécu, qui était mort à la naissance, et la mort de ce tout petit garçon leur avait fait beaucoup de peine. Ils en parlaient encore. C'était leur tout petit garçon qu'ils aimaient et qui n'était plus là.

J'étais descendue tout doucement des genoux de mon père pendant qu'il parlait. Il ne s'en était pas rendu compte. Il pensait à son tout petit garçon Augustin, et moi, sa toute petite fille Agathe, il s'en fichait.

Mais je comprenais maintenant pourquoi les gens pouvaient mourir sans que ça leur fasse ni chaud ni froid. Je comprenais aussi pourquoi ma mère détestait les robes, détestait les cheveux longs, détestait que j'invite des copines à la maison. Le problème, c'est que je comprenais trop de choses à la fois.

Le lendemain, maman est venue me réveiller en me caressant la tête comme si rien ne s'était passé. Moi, j'ai pris mon petit déjeuner comme si rien ne s'était passé. Papa m'a emmenée à l'école et il chantonnait dans la voiture. Mais le soir, quand je suis rentrée à la maison, je ne pouvais plus prononcer un mot. Mes parents se sont un peu inquiétés, au début. Mais quand ils ont vu que je continuais à avoir des bonnes notes et que je répondais aux questions par oui ou par non, tout est rentré dans l'ordre. C'était même mieux qu'avant: ils ne me reprochaient plus de ne pas tourner sept fois ma langue dans ma bouche avant de parler, ils pouvaient parler de moi à la troisième personne, ils répondaient à ma place aux questions que posaient les invités. Tout allait bien. J'étais une petite fille timide.

« Parfois, dans la vie, on a de bonnes surprises. » La phrase de Myriam me trottait dans la tête. J'avais failli lui dire que Nicolas ne m'aimait pas, et qu'il n'aurait aucun plaisir à me voir. Mais je n'avais rien dit, comme d'habitude.

Nicolas… C'était la seule personne que mon silence rendait fou furieux. Je me demandais pourquoi. J'avais envie de le savoir. J'avais envie d'aller voir Nicolas à l'hôpital. J'irais voir Nicolas à l'hôpital.

J'ai chuchoté à l'oreille de Chiffonnette :

– Il faut que tu m'aides.

Après que j'ai eu pris la décision, je me suis endormie.

Chapitre 4

Le matin, j'ai tendu mon carnet de correspondance à maman. Elle a lu le mot de la maîtresse et m'a demandé :

– Tu as envie que je t'accompagne pour aller voir ce garçon ?

J'ai fait oui de la tête.

– Pourquoi est-il à l'hôpital ?

– Il a eu un accident de scooter, ai-je annoncé, sachant que chaque phrase que je prononçais avait de l'importance.

– C'est un garçon qui fait du scooter ? À son âge ? Je ne sais pas si c'est une bonne idée que tu le fréquentes.

Je me suis tue.

– Ton père se rase. Dès qu'il aura fini, on lui demandera ce qu'il en pense.

Et on a attendu que mon père finisse de se raser sans échanger un mot de plus. Ma mère m'a servi un jus d'orange pressée et je l'ai bu par petites gorgées, pour faire passer le temps.

Ma décision était prise. Je me fichais de ce qu'allait dire mon père. Le problème, c'est qu'il fallait absolument que mes parents acceptent de signer le carnet, acceptent de m'accompagner. Mon cœur battait dans ma poitrine. C'était la première fois que je voulais quelque chose, même si cette chose, c'était aller voir un garçon qui me faisait peur, même si cette chose, c'était la dernière chose que j'aurais voulu faire. Je ne sais pas pourquoi, mais je pensais à la surprise que m'avait fait miroiter Myriam.

Mon père est sorti de la salle de bains et ma mère a attendu qu'il ait fini son café pour lui exposer la situation.

– Cette maîtresse a une drôle d'idée, tout de même, a dit mon père. Ce n'est pas à vous, les élèves, de vous occuper de la scolarité de ce garçon qui n'en a fait qu'à sa tête en montant sur un scooter ! Elle n'a qu'à lui apporter les devoirs elle-même, la maîtresse ! Je ne laisserai pas ma fille perdre son temps alors qu'elle doit, elle aussi, faire ses devoirs. Tu es d'accord avec moi ?

Bien sûr, mon père s'adressait à ma mère, pas à

moi. Il y avait bien longtemps que je ne donnais plus mon avis.

– Je suis d'accord. Je l'ai dit à Agathe. C'est évident !

J'ai serré mes poings à me faire mal. Mais plutôt que d'ouvrir la bouche, je préférais les laisser parler et prendre la décision à ma place. J'étais une fille, j'étais timide, j'étais prisonnière.

J'ai pensé à Augustin, mon petit frère mort. Qu'est-ce qu'il aurait fait, lui, dans cette situation ? Lui, Nicolas n'aurait pas osé le traiter de bille. Lui, ma mère aurait bu chaque parole qu'il aurait dite. Lui, mon père lui aurait appris à jouer au football. Il aurait porté les pantalons marron et les pulls à col roulé noirs que ma mère m'achetait en prétendant qu'ils m'allaient si bien.

Soudain, j'ai décidé d'être Augustin. Ça s'est fait brusquement. Mon cœur qui battait si fort tout à l'heure a cessé de battre. J'allais être un garçon. Je n'aurais plus peur de rien. Je serais fort. Je casserais la gueule aux autres dans la cour et je serais insolent en classe (je pensais à Guillaume : il n'était ni fort, ni violent, ni insolent… Mais je m'en fichais de Guillaume).

Je continuais à serrer si fort les poings que je me suis évanouie.

Quand je me suis réveillée, le médecin était penché au-dessus de moi. J'ai dit :

– Je veux voir Nicolas.

– Tout va bien, a dit le médecin à mes parents, qui étaient derrière lui. Son pouls est normal. Elle dit qu'elle veut voir Nicolas.

– Elle délire, a dit mon père.

– Oui, elle délire, a dit ma mère.

Je délirais. Mes parents avaient raison. Ils ne signeraient pas le mot dans mon carnet de correspondance, je n'irais pas voir Nicolas, de toute façon, je n'en avais pas envie. Tout redeviendrait normal, et je détestais Myriam de m'avoir promis une surprise.

CHAPITRE 5

Cela faisait maintenant quinze jours que, chaque soir, un enfant de la classe allait rendre visite à Nicolas. Le lendemain, les autres entouraient l'élève qui était allé le voir pour prendre des nouvelles. « Qu'est-ce qu'il a dit ? » « Comment va-t-il ? » « Il n'a pas trop mal ? » L'élève en question prenait son temps pour répondre : c'était la star d'un jour, celui qui avait vu Nicolas, la terreur du CM1.

Moi, j'étais la seule de la classe dont les parents n'avaient pas signé l'autorisation. Myriam ne m'avait pas fait de remarque, et j'avais senti qu'elle ne m'en voulait pas. J'avais l'impression qu'elle était triste pour moi.

Clara est venue me voir pendant la récré :

– Quand est-ce que c'est ton tour, d'aller voir Nicolas ?

J'ai baissé la tête.

– Je n'ai pas vu ton nom sur le tableau, a-t-elle ajouté.

Léa, la copine de Clara, s'en est mêlée :

– C'est vrai, ça, on n'a pas vu ton nom. Tu es la seule qui ne veut pas aider Nicolas. C'est pas très gentil. Si tu étais à l'hôpital, je suis sûre que, lui, il serait venu te voir.

– Fichez-moi la paix, ai-je sifflé entre les dents.

– Tiens, elle parle ! a ri Clara.

– On devrait peut-être avertir la maîtresse, ce n'est pas normal.

Je voulais m'enfuir, mais Clara et Léa me coinçaient dans un angle et je sentais bien que, si je faisais un geste, elles m'empêcheraient de partir.

– Moi, a continué Clara, je vais le voir demain, Nicolas. Je lui dirai que tu te moques complètement de ce qui lui est arrivé. Quand il reviendra en classe, je crois qu'il sera fâché contre toi.

– Oui, a ajouté Léa d'une voix perfide, je crois qu'il ne sera pas content du tout. Et quand Nicolas n'est pas content, ça fait du grabuge.

– C'est quoi, du grabuge ? a demandé Clara.

– Du grabuge, c'est quand on attaque quelqu'un, qu'on lui tape sur le nez, qu'on lui dit des choses affreuses, et, quand on fait un gros grabuge, les pompiers viennent ramasser les restes de celui qui a été attaqué, et c'est pas beau à voir.

Clara faisait la grimace comme si elle venait de recevoir le gros grabuge. Léa elle-même semblait impressionnée par ce qu'elle venait de dire. Moi, j'imaginais mes parents venir me chercher chez les pompiers, tout abîmée, tellement abîmée qu'ils auraient du mal à me reconnaître. Et là, devant l'air horrifié de ma mère et l'air furieux de mon père, je hurlerais : « C'est de votre faute ! Vous n'avez pas voulu signer le carnet de correspondance ! »

Heureusement, la sonnerie nous a délivrées des choses terrifiantes que nous avions toutes les trois devant les yeux. Clara et Léa ont repris leur petit sourire de filles hypocrites et Léa m'a lancé :

– Je n'aimerais pas être à ta place.

– Et moi, je n'aimerais pas être à la tienne, l'ai-je menacée en serrant les poings.

J'avais dû dire cette phrase d'une drôle de façon parce que j'ai vu dans ses yeux quelque chose comme de la peur. Elle n'a rien répliqué et s'est contentée d'entraîner sa copine vers l'entrée de la classe en disant que, vite, elles allaient être en retard.

Qu'est-ce qui m'avait pris de prendre ce ton-là ? Je ne me reconnaissais pas moi-même. J'avais parlé comme un garçon. J'ai eu soudain l'horrible impression qu'Augustin avait parlé à ma place.

Je suis entrée en classe avec une boule dans la gorge. Je n'arrivais pas à écouter ce que la maîtresse racontait sur les châteaux de la Loire. Pourtant, j'adorais les châteaux et les aventures des rois et des reines. Mes yeux étaient fixés sur la petite tache d'encre en forme d'étoile. J'ai pris mon stylo et j'ai dessiné une étoile sur mon cahier d'histoire. Et puis je me suis amusée à fermer les yeux et à tracer des mots sans regarder. C'était ma main qui décidait à ma place. J'essayais, pour faire une expérience, de me concentrer sur ce que disait la maîtresse et de laisser ma main libre écrire les mots qu'elle voulait. C'était difficile, comme exercice, j'avais l'impression d'être deux dans la même personne.

La maîtresse a dit :

– Maintenant, vous recopiez correctement le nom des châteaux dont nous venons de parler.

J'ai ouvert les yeux et j'ai découvert ce que ma main avait écrit : « AUGUSTIN ».

J'ai poussé un petit cri, mais personne n'a tourné la tête vers moi. Il était resté au fond de ma gorge. J'ai arraché la page de mon cahier et je me suis juré que plus jamais je ne jouerais à être deux personnes différentes.

Je décidai d'être Augustin.

Chapitre 6

Lundi matin, quand Myriam a fait l'appel, il manquait Paul. J'avais regardé sur le tableau : c'était lui qui devait rendre visite à Nicolas à la sortie de l'école.

J'avais pris ma décision en une seconde : j'irais voir Nicolas à sa place.

Toute la journée, je me suis sentie différente. L'air entrait dans ma poitrine et, curieusement, je m'en rendais compte. Je respirais comme jamais je n'avais respiré, ça faisait presque mal. Quelque chose était en train de se produire, mais je ne savais pas exactement quoi. J'étais dans la tête d'un garçon. Et un garçon, personne ne décide à sa place.

Je me sentais forte et le silence dans lequel je m'enfermais devenait une armure. Je n'étais plus une petite fille timide : j'étais un guerrier qui pouvait traverser la cour de récré sans que rien ni personne ne puisse le blesser.

Et ça tombait bien : ni Clara, ni Léa, ni aucun élève de ma classe n'a essayé ce jour-là de venir m'embêter.

J'étais une reine, ou un roi, je ne savais plus. Je découvrais que je pouvais vouloir quelque chose sans trembler, sans demander l'autorisation à mes parents, et ça, ça vous fait battre le cœur, et vous avez l'impression de faire un bond dans la vie.

Quand la sonnerie de quatre heures et demie a retenti, j'ai senti mes jambes flageoler. Est-ce que j'allais rentrer sagement à la maison et oublier toutes mes promesses ?

« J'y vais », me suis-je dit. Mais une petite voix m'a demandé :

« Pourquoi tu irais, après tout ? Nicolas ne t'aime pas, il ne rate pas une occasion de se moquer de toi. »

« J'y vais parce que j'ai envie d'y aller », me suis-je répété.

« C'est ça que je ne comprends pas. Pourquoi tu as envie d'y aller ? »

« Arrête de me poser dix mille questions. C'est énervant à la fin. »

« Et papa et maman, qu'est-ce qu'ils vont dire ? »

« Est-ce que ça compte encore pour moi, ce qu'ils vont dire ? »

« Oui, ça compte. Chaque fois qu'ils disent quelque chose, ça te fait de la peine. Ils ne te comprennent pas, mais ils font semblant. Leurs "ma chérie" et autres petits mots gentils ne s'adressent pas à toi mais à quelqu'un d'autre, que tu n'es pas. »

« Arrête ! »

« Ils voulaient un garçon. Et tu es une fille. Pour eux, une fille, c'est pas bien. Dans ces cas-là, il vaut mieux se taire. Alors, tu fais ce qu'ils attendent de toi. »

« Mais aujourd'hui, je ne me laisserai pas faire. Je suis Augustin, mon frère, et j'ai du caractère. »

« N'importe quoi. Tu es complètement tapée, ma pauvre fille. »

« Je t'interdis de me traiter de pauvre fille. »

Je me suis aperçue que je commençais à agiter les mains. Quand on se parle à soi-même, il vaut mieux être discret. Et puis je n'allais pas me disputer avec moi !

Sans m'en rendre compte, j'étais arrivée à la sortie de l'école.

L'hôpital était à gauche, ma maison, à droite. J'ai

pris à gauche comme un automate et j'ai décidé de ne plus penser à rien.

Pour rejoindre l'hôpital, il fallait marcher un petit moment. La contre-allée était ombragée par des marronniers, les arbres qui me faisaient penser à l'école, à la cour de l'école, aux saisons, aux marrons, les seuls arbres, en fait, que je savais reconnaître. Je me disais: «Je marche sous les marronniers», et c'était agréable de se dire ça, je pensais même qu'un jour je pourrais devenir poète.

En réalité, je crois que je m'occupais l'esprit pour de pas me souvenir que j'allais à l'hôpital rendre visite à Nicolas.

J'ai même observé un pigeon qui boitait en se dirigeant vers un caillou blanc, et, me suis-je dit, il doit croire que c'est du pain, le pauvre. C'était bien la première fois que j'essayais de me mettre dans la peau d'un pigeon.

J'ai vu un banc et je m'y suis assise. C'était aussi la première fois que je m'asseyais sur un banc. Maman détestait les bancs. Elle disait toujours qu'ils étaient sales et qu'on pouvait attraper des maladies parce que les clochards s'y allongeaient. Maman détestait les microbes. Au square, quand j'étais petite, elle préférait rester debout tandis que je jouais dans le bac à sable (avec des gants).

Les millions de microbes sur lesquels j'étais assise ne me faisaient pas peur. Et d'ailleurs, je n'avais peur de rien. Je trouvais ça très agréable d'être assise sur un banc, sans faire quoi que ce soit, simplement parce que j'avais décidé de m'asseoir là. J'aimais bien les décisions. Et d'ailleurs, à partir d'aujourd'hui, je prendrais des décisions à tout bout de champ.

Trois gros pigeons se sont approchés. J'ai repensé à la conversation que mes parents avaient eue sur la grippe aviaire et sur les dangers que représentaient les oiseaux. Moi, je trouvais ça dommage que les oiseaux deviennent dangereux. Mais bon, les pigeons, je n'aimais pas trop ça.

Quand les trois bêtes se sont mises à roucouler autour de mes pieds, j'ai commencé à paniquer. Ma mère avait dit : « Un pigeon qui s'ébroue, et hop ! on peut mourir. » J'étais sûre que ma mère exagérait, mais l'idée de la mort, maintenant, au moment même où je décidais de prendre des décisions, je la trouvais effrayante.

Je n'osais plus bouger. Heureusement, j'étais en baskets montantes. Mais les microbes ne passent pas par les pieds, ai-je aussitôt pensé. J'ai mis ma main devant la bouche. J'avais peur de mourir. Je m'en voulais de m'être assise sur ce banc ; ma mère avait raison. J'imaginais qu'elle me voyait et qu'elle se disait : « Elle n'a pas voulu m'écouter, alors tant pis pour elle ! » C'était comme la voisine qui était morte parce qu'elle avait trop fumé. C'était sa faute. C'était aussi ma faute, et j'allais mourir.

Un des pigeons touchait maintenant ma chaussure. Avec ses petits yeux, il me regardait. Les deux autres fouillaient la terre avec leur bec, faisant comme si je n'étais pas là. Je retenais ma respiration. Il ne fallait surtout pas qu'ils agitent leurs ailes.

Et puis quelque chose s'est produit.

Un vieux monsieur est venu. Il était très mal habillé, et l'une de ses chaussures était rafistolée avec de la ficelle. C'était sans doute un clochard. Il s'est approché de nous en hochant la tête, puis s'est mis un peu à l'écart et a sorti de sa poche des miettes de pain en disant : « Petits, petits ! » Aussitôt, les pigeons ont marché vers lui, calmement, comme s'ils savaient qu'il y en aurait assez pour tout le monde.

J'étais sauvée.

Je me suis levée du banc les jambes tremblantes, je ne parvenais pas à mettre un pas devant l'autre.

Le vieil homme m'a lancé, comme s'il s'excusait :

– Eh oui, ils ont faim, les petits !

– Oui, sûrement, ai-je répondu un peu bêtement.

Je n'osais pas le remercier de m'avoir sauvé la vie. Je n'osais pas non plus lui dire que c'était dangereux de s'approcher des pigeons. Il n'avait sans doute pas lu le journal.

Mais, en voyant cet homme si content de nourrir des oiseaux, je me suis dit que tout était normal, que les pigeons n'étaient pas dangereux, et que j'étais stupide d'avoir cru que je frôlais la mort.

Je me suis mise à courir en direction de l'hôpital.

Chapitre 7

L'hôpital s'est dressé devant moi. C'était une tour que rien ne distinguait des autres tours, si ce n'est qu'il y avait écrit en lettres énormes: « Fondation Aubrespy ».

Je n'étais jamais entrée dans un hôpital. Quand ma grand-mère s'était fait opérer de la hanche, maman n'avait pas voulu que j'aille la voir. « L'hôpital, avait-elle dit, c'est un ramassis de microbes. On y entre en bonne santé et l'on en ressort malade. »

J'ai hésité, puis je me suis souvenue que je venais de m'asseoir sur un banc. Le banc, l'hôpital, ça faisait beaucoup de microbes dans la même journée. Si je ne finissais pas la semaine au fond de mon lit avec 40° de fièvre, ce serait un miracle.

L'idée d'un miracle m'a propulsée vers l'entrée de l'hôpital.

La dame de l'accueil m'a regardée d'un œil soupçonneux. Je m'étais mise sur la pointe des pieds pour paraître plus grande.

– Je viens voir Nicolas Rodriguez.

C'était la première fois que je disais le nom de mon ennemi à voix haute.

J'avais prononcé le nom magique ; la dame de l'accueil a souri.

– Ah, tu fais partie des élèves de sa classe ! L'ascenseur se trouve un peu plus loin, à ta droite, tu montes au quatrième étage et c'est la chambre 416. Bonne visite !

J'étais presque un peu déçue que ce soit si facile. Je m'étais attendue à des obstacles que j'aurais eu à franchir, et que j'aurais franchis dignement dans la peau d'Augustin.

Dans l'ascenseur, je me suis regardée dans la glace. C'était la première fois que je me regardais dans une glace. Non, ce n'était pas vrai, bien sûr. Mais j'ai pensé cela : « C'est la première fois. » La première fois que j'essayais de me voir comme les autres me voyaient. Et là, quelque chose de bizarre s'est produit : je n'arrivais pas à me trouver. Ni jolie, ni moche, ni gaie, ni triste, ni attirante, ni repoussante. Je n'avais en fait aucune idée de ce que je pensais de cette fille qui me scrutait comme si c'était une étrangère qui cherchait à savoir qui j'étais.

« Tu n'es pas toi », ai-je murmuré au miroir. Et tout de suite après, j'ai eu honte. Honte de parler toute seule, honte de m'être regardée, honte d'avoir voulu savoir si j'étais assez jolie pour rendre visite à un garçon dans un hôpital.

Quand les portes se sont ouvertes, j'ai respiré comme si je ressortais la tête de l'eau.

Et pourtant, j'étais terrorisée à l'idée de rencontrer des gens dans le plâtre, dans des bandages, en fauteuil roulant, de voir du sang, d'entendre des cris.

Une infirmière est venue vers moi en souriant et m'a demandé :

– Tu viens voir ton camarade Nicolas ?

Décidément, tout se savait dans cet hôpital !

– Oui, ai-je répondu en baissant la tête, comme si je faisais quelque chose de défendu.

– C'est par ici, suis-moi.

412, 414, 416…

– Voilà, tu peux entrer. Ton camarade t'attend.

Qu'est-ce qu'elle en savait, qu'il m'attendait, Nicolas ?

L'infirmière m'a laissée devant une porte blanche sur laquelle était inscrit le numéro 416, et j'ai fixé ce nombre jusqu'à ce que les chiffres dansent devant mes yeux. Je me suis enfin décidée à frapper.

Personne n'a répondu. Peut-être qu'il dormait... Et cette idée de Nicolas dormant m'a mise mal à l'aise. Mais l'idée n'a pas eu le temps de faire son chemin ; un cri a traversé la porte :

– Ben alors, qu'est-ce que tu fous ?

J'étais sur le point de tourner les talons, quand une petite voix m'a ordonné d'ouvrir la porte. J'ai tourné la poignée et me suis trouvée face à lui.

Il a ouvert grands les yeux et a dit :

– Ça alors ! La Bille ! J'y crois pas !

Sa jambe plâtrée était surélevée par des lanières accrochées à la barre du lit. Un pansement couvrait une partie de son front. Pourtant, même dans ces circonstances, il continuait à me faire peur.

– Assieds-toi, puisque tu es là, a-t-il dit en désignant une chaise à côté du lit.

La chaise était trop près du lit. Je l'ai prise et je suis allée m'installer près de la fenêtre.

– Alors, m'a demandé Nicolas, toi aussi tu t'intéresses à mon passage en CM2 ? Tu m'as apporté les devoirs ?

J'ai mis un certain temps avant de comprendre de quoi il parlait. Les devoirs, c'était la dernière chose à laquelle j'avais pensé. Et, au lieu de me plonger dans mon cartable pour prendre mon cahier de textes, je n'ai pas bougé, je n'ai rien dit.

– Toujours aussi muette, la Bille ?

Quelque chose est monté en moi qui ressemblait à de la colère. J'étais venue le voir contre la volonté de mes parents, contre ma propre volonté ! et je me faisais traiter de bille. Augustin m'a murmuré à l'oreille : « C'est la dernière fois que ce mec te traite de bille. » Et, effectivement, ça a été la dernière fois.

CHAPITRE 8

Je me suis levée et je me suis dirigée vers la porte d'un pas lent. J'étais déterminée : le jour où ce garçon sortirait de l'hôpital, je me vengerais. Je ne savais pas encore comment, mais j'avais de longs jours devant moi pour y réfléchir. J'étais presque heureuse d'avoir un but dans la vie.

– Agathe ! Ça va, je retire. Reste encore un peu.

Je n'y croyais pas : c'était la première fois que Nicolas m'appelait par mon prénom !

Je suis retournée m'asseoir sans lui lancer un regard. J'ai fixé le sol la tête baissée comme si j'étais punie. Je pensais à tous les microbes qui se tenaient tapis entre les jointures des carrés de linoléum, prêts à bondir. J'ignorais pourquoi je restais là puisque je n'avais pas l'intention de dire un mot. Ma présence était suffisamment bizarre ; je n'avais pas, en plus, envie d'entendre le son de ma voix.

– T'es quand même une drôle de fille, m'a dit Nicolas au bout d'un moment.

Je me suis entendue murmurer :

– Peut-être.

Et l'on n'a plus rien dit. Heureusement, une infirmière est entrée. Elle s'est tout de suite rendu compte qu'elle n'interrompait pas une conversation animée.

– Eh bien, les jeunes, vous n'êtes pas très bavards ! D'habitude, ça rigole, dans cette chambre, à cette heure-là.

Je m'attendais à ce Nicolas lui explique que, oui, ses copains de classe étaient drôles, mais que, non, avec une fille aussi ennuyeuse que moi, on ne rigolait pas. Mais Nicolas s'est tu, et l'infirmière ne savait plus quoi faire de notre silence. Elle s'est souvenue qu'elle était entrée dans la chambre pour prendre la température du malade, ce qu'elle a fait, et je la regardais chercher une phrase amusante qui nous aurait distraits, mais pas un mot ne venait, on aurait dit que c'était contagieux, notre silence. Elle est ressortie en nous souhaitant une bonne journée, oubliant que c'était déjà le soir.

Le rire de Nicolas m'a d'abord surprise, puis s'est introduit en moi de façon inexplicable, j'avais l'impression que son rire était à l'intérieur de moi, jusqu'à ce que je me rende compte que j'étais en train de rire, moi aussi.

– Ton truc, a dit Nicolas, quand il a enfin réussi à se calmer, c'est génial !

Je ne voyais pas de quel truc il parlait.

– T'as raison, m'a-t-il expliqué devant mon air idiot, se taire, c'est excellent !

Je ne comprenais plus rien et je ne savais pas s'il était sérieux ou s'il se moquait de moi. Mon rire avait cessé ; j'étais sur la défensive et je m'en voulais de m'être laissée aller. Nicolas a continué :

– T'as vu, l'infirmière, dans quel état on l'a mise ? Elle était archi-mal à l'aise et je te signale que c'était l'heure de la piqûre, pas de la température. Grâce à toi, j'ai échappé à la piqûre !

Il avait l'air vraiment content, Nicolas. Et puis il me regardait comme il ne m'avait jamais regardée ; son regard n'était pas méprisant mais admiratif. Même si je n'y étais pour rien, ça me faisait drôlement plaisir d'avoir l'impression d'être une personne importante pour lui. Je ne savais toujours pas qui j'étais, une fille ou un garçon, Agathe ou Augustin, ce qui était sûr, c'est que je ne m'étais pas sentie aussi heureuse depuis longtemps.

– C'est vrai, a ajouté Nicolas, on est super-mal face à quelqu'un qui ne décroche pas un mot.

Mon bonheur a été de courte durée. Maintenant, Nicolas attendait que je m'explique.

– J'y peux rien, ai-je bougonné, j'aime pas parler, c'est comme ça.

– Moi, à la maison, on m'appelle le moulin à paroles.

– Moi, à la maison, ai-je consenti à avouer, on m'appelle la timide. Mais je ne suis pas timide, c'est pas ça, c'est autre chose...

J'en avais trop dit. J'étais sûre que Nicolas allait me bombarder de questions. Une fois encore, je me trompais. Il ne me regardait même plus, il jouait avec un bout d'une des lanières qui maintenaient sa jambe en suspension.

– Au fait, t'as mal ? lui ai-je demandé.

– J'ai atrocement mal, m'a-t-il répondu, même si je ne le montre pas je suis un garçon courageux.

Et il a éclaté de rire.

– Si tu voyais ta tête ! Mais non, j'ai presque plus mal. Demain, je pourrai bouger ma jambe et marcher avec des béquilles. Le plus dur, ça va être la rééducation. Lui, mon frère, il s'en est bien sorti.

Mes parents l'ont envoyé se reposer chez notre oncle. Il a trop de la chance...

Après un silence, il a ajouté :

– Je m'ennuie.

– Moi aussi, n'ai-je pu m'empêcher de dire.

Nicolas a paru gêné :

– Je sais, c'est pas drôle, une chambre d'hôpital...

– Non, l'ai-je rassuré, c'est pas ici que je m'ennuie !

– Où, alors ?

– À l'école, chez moi, partout en fait.

Nicolas allait dire quelque chose, mais la porte s'est ouverte et une odeur affreuse a envahi la chambre.

– Bon appétit, a lancé d'une voix peu convaincue la personne qui apportait le plateau du dîner.

Le dîner ! J'ai regardé ma montre : six heures quarante-cinq !

– Si tu veux, on partage, m'a proposé Nicolas en pointant du menton des endives qui nageaient dans une sauce beigeâtre à côté d'un petit bout de viande racorni.

– Non merci, il faut que je m'en aille. Mes parents vont être fous d'inquiétude.

– Ils ne savent pas que t'es là? m'a demandé Nicolas en ouvrant des yeux catastrophés.

– Non, me suis-je contentée de répondre en ramassant mes affaires. Mais heureusement, je n'habite pas loin... Bon, ben, à plus.

– À plus, a dit Nicolas.

Et il a ajouté, alors que j'étais déjà presque dans le couloir.

– « À plus », c'est quand?

J'ai fermé la porte en faisant semblant de ne pas entendre et je me suis mise à courir comme une folle. Dans l'ascenseur, je ne me suis pas regardée dans le miroir.

Chapitre 9

Quand j'ai enfin eu le courage de sonner à la porte, j'ai compris que j'étais attendue. La porte s'est ouverte immédiatement sur ma mère, qui s'est précipitée sur moi et qui m'a dit :

– Ma petite fille chérie, où étais-tu ? Que t'est-il arrivé ? Qui t'a fait du mal ?

– On a prévenu la police, a ajouté mon père. Ils sont déjà à ta recherche.

Mon père avait l'air rassuré que les policiers soient à ma recherche. Je n'ai pas pu m'empêcher de dire :

– J'espère qu'ils vont me retrouver.

Ça m'était sorti tout seul. Et j'imaginais, en prononçant cette phrase, que Nicolas m'entendait. J'étais fière. Je me trouvais extrêmement drôle. Mais mon père, lui, n'appréciait pas mon humour.

Il m'a saisie par l'oreille et m'a fait asseoir sur le

canapé en me traitant d'insolente. Maman, qui déteste la violence, essayait de le calmer :

– Pas trop fort, Patrick.

Je n'avais rien senti. Mon oreille et moi, nous faisions deux.

– Où étais-tu passée ? a demandé mon père en croisant les bras.

C'était la première que je donnais l'occasion à mes parents d'être furieux contre moi. En fait, je ne connaissais pas mes parents en colère. Et je sentais que, si je disais la vérité, leur colère serait encore plus grande. Mais j'avais beau chercher, je ne trouvais pas de mensonge qui nous aurait ramenés à une vie douce et normale.

– Je ne sais pas, ai-je fini par dire du bout des lèvres.

– Comment ça, tu ne sais pas ? s'est exclamée ma mère en montant dans les aigus.

– Tu arrives à sept heures du soir et tu ne sais pas ce que tu as fait pendant deux heures et demie ! a renchéri mon père.

– Ton père t'a cherchée partout sur le chemin de l'école !

– Ta mère a téléphoné à la directrice !

– Ton père a fini par appeler la police !

– Ta mère était en larmes !

– Il faut d'ailleurs prévenir les policiers qu'on l'a retrouvée, a dit maman.

– On va avoir l'air fins quand ils vont nous demander où était notre fille et qu'on ne pourra pas leur répondre, a dit papa.

Là encore, les mots sont sortis de ma bouche sans que je puisse les contrôler :

– Eh ben, tu pourras dire aux policiers que je rendais visite à un camarade de classe immobilisé dans son lit à l'hôpital.

Pour une fois, ce sont mes parents qui sont restés silencieux. Ils se sont regardés comme s'ils ne comprenaient pas ce que je venais de dire. Et puis l'envie de parler leur est venue en même temps. Ça a fait beaucoup de bruit et je n'ai entendu que la fin de la phrase de mon père :

– … On te l'avait interdit !

J'aurais dû baisser la tête. J'avais inquiété mes parents et je savais au fond de moi que je venais de faire la plus grosse bêtise de toute ma vie. Pourtant, j'éprouvais une joie incroyable. C'était peut-être grâce à Augustin, ce frère que je ne connaîtrais jamais, qui m'avait poussée à savoir ce dont j'avais vraiment envie. C'était peut-être grâce à Nicolas, ce garçon que j'avais tant détesté et qui m'avait fait rire, qui avait l'air heureux que je vienne le voir. C'était peut-être grâce à…

– Il faut que tu nous parles, m'a interrompue ma mère, alors que je cherchais grâce à qui d'autre ce miracle avait pu avoir lieu.

– Que je vous parle ? ai-je répondu, étonnée.

– Mais oui ! a appuyé mon père, avec un ton redevenu plus doux.

J'ai regardé papa et maman. Ils étaient là, devant moi, et j'avais l'impression qu'ils ne me reconnaissaient pas. C'est drôle, la vie ; tout à coup, j'avais envie de me faire consoler, j'avais envie qu'ils me prennent dans leurs bras, j'avais envie de leur dire que je les aimais… ou plutôt non, l'inverse. J'avais envie qu'ils me disent qu'ils m'aimaient, même si j'étais une fille.

Mais pour ça, il aurait fallu que je parle, et je n'en avais pas le courage parce que je savais que, si je commençais, je ne pourrais plus m'arrêter.

– Maman, ai-je réussi à prononcer.

Ma mère a dû sentir que j'avais le cœur gros, et un second miracle est arrivé : elle m'a prise dans ses bras.

Ensuite, je ne me rappelle plus. Il y a eu des mots. Beaucoup de mots. Surtout ceux de maman et moi. Papa, lui, toussotait régulièrement. On a parlé d'Augustin, d'Augustin et d'Augustin. C'est tout ce dont je me souviens. Et c'était important que ce frère que je ne connaîtrais jamais existe pour de vrai dans une conversation. Parce que, oui, c'était une conversation. Je parlais. Et mes parents m'écoutaient. Et plus ils m'écoutaient, plus ils avaient envie que je parle. J'étais comme une grande personne. J'existais. Et pourtant, j'étais une fille. Leur fille. Et ils étaient fiers d'avoir une fille, disaient-ils. C'était presque irréel, tout ce qu'ils disaient.

Au moment de passer à table, maman m'a donné des couverts normaux, sans Spiderman, sans Superman.

Le soir, dans mon lit, j'ai expliqué à Chiffonnette que, à partir de maintenant, je n'aurais plus besoin d'elle pour m'endormir. Elle n'avait pas d'yeux, pas de bouche, pas de nez; elle ne m'intéressait plus. Je ne lui ai pas dit ça aussi cruellement, pour ne pas la blesser, mais je l'ai installée dans le tiroir de mon lit, entre la couette de rechange et les draps, puis je lui ai souhaité une bonne et longue nuit.

Chapitre 10

J'ai inscrit mon nom sur la liste des élèves qui se relayaient pour apporter les devoirs à Nicolas, chez lui. Nicolas était sorti de l'hôpital, mais il ne reviendrait pas en classe avant un mois. Je devais attendre le mardi suivant pour le revoir, et j'ai pensé : « C'est long, jusqu'à mardi. »

Pendant la récré, j'ai vu Clara et Léa s'approcher de moi. Elles avaient un petit air mauvais.

– Alors, m'a demandé Clara, tu t'es décidée à t'inscrire pour aider ce pauvre Nicolas ?

– Tu t'es enfin rendu compte de ton égoïsme ? a sifflé Léa.

Clara s'est penchée vers Léa et lui a dit en gloussant :

– Autant parler à un mur !

– T'as raison, quand on est muette, c'est pour la vie !

Et elles m'ont tourné le dos en se tenant par le bras.

J'ai senti le rouge me monter aux joues. Je les ai rattrapées et j'ai hurlé :

– Je ne suis pas morte pour la vie !

Elles m'ont regardée, stupéfaites. Et moi aussi, j'étais figée par ce que je venais de crier. J'avais dit un mot à la place d'un autre. Clara et Léa me regardaient comme si, maintenant, je leur faisais peur. Et c'était bien de leur faire peur. Je me sentais forte, hors d'atteinte. J'étais contente de m'être trompée. Ça faisait comme un miracle.

Elles se sont lâché le bras et sont parties côte à côte vers la salle de classe. Je ne les ai pas vues échanger une seule parole.

Depuis ma visite à Nicolas (ça faisait déjà une semaine !), beaucoup de choses avaient changé.

Le lendemain du jour où mes parents s'étaient tant inquiétés pour moi, les Girard, leurs amis proches, étaient venus dîner à la maison. Et, au moment où, comme d'habitude, Brigitte m'avait demandé : « Alors, ça se passe bien à l'école ? », maman n'avait pas répondu à ma place. J'ai raconté à Brigitte, qui n'en revenait pas d'entendre le son de ma voix, que, oui, ça se passait bien, que j'adorais ma maîtresse, et que je détestais deux filles de ma classe. Papa et maman m'observaient comme si j'étais en train de faire un tour de magie, les Girard, eux, ne m'écoutaient pas. Ils regardaient mes parents avec l'air de dire: « Qu'est-ce qui lui est arrivé ? »

J'étais guérie, je parlais normalement, et finalement je me rendais compte que certains adultes sont gênés par les enfants qui parlent trop. Je m'en moquais, l'essentiel, c'était que papa et maman m'encouragent à continuer. Ce soir-là, eux aussi se fichaient complètement de ce que pensaient les Girard !

Et puis, un autre soir, au moment où maman venait m'embrasser pour la nuit, je lui ai demandé :

– Est-ce que tu es encore triste, pour Augustin ?

Maman m'a prise dans ses bras et j'ai bien cru qu'elle allait se mettre à pleurer. Elle m'a serrée très fort et m'a dit dans l'oreille :

– Je suis la plus heureuse des mamans d'avoir une petite fille aussi merveilleuse que toi. Je m'en veux tellement ! Je ne te l'ai pas répété assez souvent.

– Tu ne me l'as jamais dit, ai-je rectifié.

Là, maman s'est mise à pleurer pour de bon. Alors, j'ai pleuré aussi. On sanglotait toutes les deux quand papa est entré dans la chambre. Et, au lieu de nous demander ce que nous avions à pleurer comme des madeleines, il s'est retiré sur la pointe des pieds.

Le lendemain, au petit déjeuner, papa m'a annoncé :

– Je suis fière d'avoir une fille. Ah, au fait, si tu veux retourner voir… heu, ton copain de classe, on est d'accord. Maman t'accompagnera.

C'était bizarre qu'il me dise ça sur ce ton, avant même de me demander si j'avais bien dormi. Après, il s'est mis à toussoter et s'est replongé dans son bol de café.

J'avais l'impression que mon père venait de fournir un effort immense, comme lorsque l'on récite une leçon. Il avait préféré livrer toutes les informations d'un seul coup, et j'ai soupçonné ma mère de l'avoir obligé à me parler.

Mais le principal, c'était que mes parents acceptent que je retourne voir Nicolas.

Je pensais à lui en entrant en classe, et, pendant tout le cours, j'ai fixé sa place vide. Personne n'avait osé s'y installer pendant son absence.

Chapitre 11

Le mardi a enfin été là. Maman m'a déposée en voiture devant l'immeuble de Nicolas en me prévenant qu'elle viendrait me chercher une heure après. Elle téléphonerait juste avant d'arriver pour que je la rejoigne en bas, parce que c'était difficile de trouver une place dans ce quartier.

Nicolas habitait au septième étage d'une tour.

Dans l'ascenseur, j'avais le cœur qui battait. Et si j'avais tout imaginé ? Peut-être qu'il ne voulait pas que l'on devienne amis. Peut-être qu'il n'avait pas envie de me voir. Peut-être qu'il m'appellerait encore « la Bille ».

Quand les portes de l'ascenseur se sont ouvertes, la mère de Nicolas m'attendait sur le palier.

– Tu es Agathe, n'est-ce pas ? m'a-t-elle demandé en souriant. Nicolas m'a parlé de toi, il est impatient de te voir.

Je l'ai suivie dans l'appartement et elle m'a entraînée au bout d'un petit couloir.

– C'est ici !

Nicolas était assis sur une chaise, la jambe plâtrée reposant sur un tabouret. Il a levé la tête de sa BD. S'il était content de me voir, il le cachait bien.

– Bon, je vous laisse, a dit sa mère. Je vous apporterai des jus de fruits tout à l'heure.

Et elle est sortie de la chambre, me laissant seule avec un garçon qui abandonnait sa BD à contrecœur et qui me proposait, d'un ton à faire fuir une tortue à cent à l'heure, de m'asseoir.

Je suis restée debout. J'ai fouillé à l'intérieur de mon sac à la recherche de mon cahier de textes. Nicolas a pris une feuille et un stylo et a noté en silence les devoirs que je lui dictais.

Au milieu d'une phrase, j'ai explosé :

– Si ça t'ennuie que je sois là, je peux repartir !

Nicolas a posé son stylo et a enfin souri.

– Agathe ! Attends ! C'était pour rire !

– Je ne vois pas ce qu'il y a de drôle, ai-je dit. Et puis d'abord, je viens t'apporter les devoirs, c'est tout. Mais je n'étais pas obligée de le faire. Je suis venue parce que je pensais que ça te rendait service. C'était idiot de ma part. Si tu ne veux pas me parler, je…

– Oh! oh! Tu me laisses placer un mot? m'a interrompu Nicolas.

J'ai sursauté. Il avait vraiment crié très fort. Il me regardait avec un drôle de sourire.

– Tu es devenue sacrément bavarde en une semaine, m'a-t-il dit.

– Et c'est un reproche? lui ai-je demandé d'une façon agressive.

– Un peu, oui. Je te signale que, moi, j'ai joué à ne pas dire un mot pour voir comment tu allais réagir. Eh ben, j'ai vu! En fait, tu ne supportes pas le silence, et de ta part, c'est quand même super-bizarre.

Nicolas m'avait piégée. Et je trouvais ça trop injuste qu'il me tende un piège au moment où j'étais venue pour parler avec lui, pour lui montrer que j'avais changé. Et lui faire comprendre que c'était un peu grâce à lui. Mais ça, plutôt mourir que de le lui avouer.

– Allez, ne fais pas la tête, a-t-il dit devant mon air boudeur. Raconte-moi les histoires de l'école, c'est plus drôle.

Je me suis assise sur le lit et je lui ai raconté comment j'avais cloué le bec à ces deux pestes de Clara et Léa, un peu sans le vouloir. Il a ri. Cela m'a fait plaisir qu'il rie.

– Tu as dit «morte», vraiment? C'est dingue! T'as confondu avec «muette» ? Tu sais qu'en espagnol on dit *«muerte»* pour dire «mort»? Ça ressemble à «muette», tu ne trouves pas?

Il avait raison, Nicolas, mais je ne savais pas pourquoi il avait raison. Et je n'avais pas envie de chercher.

Pour changer de sujet, je lui ai demandé:

– Au fait, tu as encore mal?

– Ça va. Tu vois, je n'ai plus qu'un petit bleu sur le front. (Je repensais au mot terrible: «hématome». Je me souvenais que j'avais voulu sa mort!) Je risque d'avoir mal après, quand on m'aura enlevé le plâtre.

Visiblement, il n'avait pas envie de parler de lui.

– Je peux te poser une question?

– Ben oui, ai-je répondu, comme si c'était idiot de demander ça.

J'oubliais que, il n'y avait pas si longtemps, répondre à une question était la chose la moins évidente du monde.

– Est-ce que c'était un pari?

Et, devant mon air complètement éberlué, il a continué:

– Oui, un pari que tu aurais fait avec quelqu'un.

C'est super-difficile de ne pas dire un mot de toute la journée pendant des mois ! Ça énerve tout le monde. À l'école, les autres, ils ne t'aimaient pas. Et moi, franchement, je ne pouvais pas te supporter. C'est pour ça que je t'embêtais à la récré. Et puis, l'autre jour, quand tu es venue à l'hôpital, on s'est bien marrés. Alors, j'ai changé d'opinion sur toi. Bon, tu me dis ? C'était quoi, le pari ? T'as gagné quoi ?

En écoutant Nicolas, je me rendais compte d'un truc complètement dingue : les autres me voyaient d'une certaine façon, et moi, je ne me voyais pas du tout comme les autres me voyaient. Les idées se bousculaient dans ma tête. Je voulais répondre, mais les mots se mélangeaient. J'avais l'impression que, si j'ouvrais la bouche, des dizaines de phrases en sortiraient à la fois.

– Oh non, pitié ! a supplié Nicolas devant mon silence, tu ne vas pas recommencer !

– Ce n'était pas un pari, ai-je réussi à articuler. C'est trop long à raconter.

Nicolas n'a pas insisté et je lui en ai été reconnaissante.

Nous avons parlé des devoirs et, ensuite, il m'a montré un nouveau jeu sur l'ordinateur. Pour son retour de l'hôpital, ses parents lui avaient installé l'ordinateur dans sa chambre.

Et puis la mère de Nicolas est venue me prévenir que maman avait téléphoné, qu'elle serait devant l'immeuble dans cinq minutes.

Déjà ? Le temps avait passé super-vite.

– Si tu veux, Agathe, tu peux venir ce week-end. On finira le jeu.

Je me suis sentie rougir. Nicolas m'avait appelée Agathe pour la seconde fois. En plus, je n'aurais pas besoin d'attendre mon tour sur une liste pour le revoir.

J'ai dit :

– OK ! À plus !

À plus, c'était le week-end prochain, on le savait tous les deux.

Et je suis sortie de la chambre le plus vite que j'ai pu.

Dans l'ascenseur, j'ai pris une grande décision, et celle-là me paraissait plus importante que toutes les autres : un jour, j'expliquerai tout à Nicolas.

Je lui dirai que j'avais décidé de me taire pour que mes parents continuent à m'aimer.

Je lui dirai que, ne pas dire un mot, c'est difficile. C'est comme si on s'enfermait dans une forteresse. C'est à la fois une grande force et une grande souffrance.

Je lui dirai que oui, c'était une sorte de pari. Un pari contre mon frère que je ne connaîtrais jamais.

Et peut-être aurai-je le courage de lui avouer que, sans le savoir, il m'avait délivrée de ce pari du silence.

Et lui, Nicolas, il n'en pourrait plus d'écouter toutes mes explications. Il me supplierait à genoux de redevenir la fille qui ne disait pas un mot. Et on éclaterait de rire.

Je me suis regardée dans la glace de l'ascenseur.

J'avais un sourire sur les lèvres.

J'étais une fille. J'étais une fille qui parlait et qui s'appelait Agathe. Finalement, j'aimais bien mon prénom. J'étais très contente de ne pas être un garçon, de ne pas m'appeler Augustin.

Dans la glace de l'ascenseur, je me suis trouvée jolie.